AF502189

6 Juin 1883.

V

Collection de M. B...

ARMES EUROPÉENNES

Offensives & Défensives

6 Juin 1883.

V

COLLECTION DE M. B...

ARMES EUROPÉENNES

Offensives & Défensives

HOMO ADDITUS NATURÆ
IMPRIMERIE DEL ART

CATALOGUE

DES

ARMES & ARMURES

EUROPÉENNES

DU XVe AU XVIIIe SIÈCLE

Salades et Armets de formes élégantes et rares — Armures
Belles Arquebuses, Mousquets et Pistolets à rouet — Épées ciselées
et damasquinées du XVIe siècle — Dagues — Boucliers en fer repoussé
Hallebardes — Pertuisanes — Arbalètes — Amorçoirs
Pulvérins — Modèles de canons

SUITE INTÉRESSANTE D'ÉPÉES DE COUR DES XVIIe ET XVIIIe SIÈCLES

Composant l'importante Collection de M. B...

ET DONT LA VENTE AURA LIEU

HOTEL DROUOT, SALLE N° 1

Les Mercredi 6, Jeudi 7, Vendredi 8 et Samedi 9 Juin 1883

A DEUX HEURES

COMMISSAIRE-PRISEUR

Me PAUL CHEVALLIER, successeur de Me CHARLES PILLET
10, rue Grange-Batelière, 10

EXPERT

M. CHARLES MANNHEIM, 7, rue Saint-Georges
Chez lesquels se distribue le présent catalogue.

EXPOSITIONS

PARTICULIÈRE	PUBLIQUE
Le Lundi 4 Juin 1883	Le Mardi 5 Juin 1883
De 1 heure à 5 heures.	De 1 heure à 5 heures.

CONDITIONS DE LA VENTE

Elle sera faite au comptant.

Les adjudicataires payeront *cinq pour cent* en sus des enchères.

L'exposition mettant le public à même de se rendre compte de l'état des objets, aucune réclamation ne sera admise une fois l'adjudication prononcée.

Paris — Imp. de l'Art, J. Rouam, 41, rue de la Victoire.

DÉSIGNATION DES OBJETS

ARMES DÉFENSIVES

ARMURES ET PIÈCES D'ARMURES

1 — Armure maximilienne de la première moitié du XVIe siècle, à larges cannelures. Armet à mézail dit à soufflet, couvre-nuque articulé. Brassards pourvus de rondelles d'épaule.

2 — Armure italienne du milieu du XVIe siècle, offrant des bandes finement gravées à rinceaux et feuillages.

3 — Armure en acier poli de l'époque de Henri II. Le ventail de l'armet est percé par de larges ouvertures rectangulaires. Plastron de cuirasse en saillie. Solerets de forme dite bec-de-cane.

4 — Armure française de la fin du règne de François Ier, en acier poli. Armet très élégant fixé au colletin par une forte gorge ciselée en torsade. Plastron de cuirasse bombé. Brassard de gauche muni de la grande passe-garde.

5 — Armure allemande de chevau-léger, de la seconde moitié du XVIe siècle, en fer noirci, à bandes repoussées et polies. Bourguignotte à visière prononcée. Longs cuissards à lames articulées.

6 — Armure de la seconde moitié du XVIe siècle, en fer noirci, offrant de larges filets polis.

7 — Cuirasse d'une armure de la première moitié du XVIe siècle, en acier poli, bordée par un large filet en torsade. La pansière, les tassettes et le garde-reins sont articulés.

8 — Plastron de cuirasse d'une armure de l'époque de François Ier.

9 — Plastron de cuirasse d'une armure de la première moitié du XVIe siècle, en acier poli, pansière articulée.

10 — Plastron de cuirasse d'une armure de l'époque de François Ier, en acier finement gravé à la pointe et à fonds dorés.

11 — Cuirasse complète d'une armure d'enfant de la fin du XVIe siècle, entièrement gravée et dorée, offrant sur l'arête du plastron une croix de Malte obtenue par le poli du métal.

12 — Plastron de cuirasse d'une armure italienne de l'époque de Henri III, entièrement gravé et doré.

L'ornementation offre des bandes cloisonnées, enrichies de rinceaux, de trophées d'armes et de musique.

13 — Cuirasse et colletin de l'époque de Henri III, en acier noirci. Plastron, dossière et colletin semés de soleils d'or gravés.

14 — Plastron de cuirasse de la fin du XVIe siècle, en acier bruni, orné de filets dorés ciselés en creux.

15 — Plastron d'une cuirasse milanaise de la fin du XVIe siècle, orné de bandes gravées.

16 — Dossière d'une cuirasse milanaise de la fin du XVIe siècle, à bandes largement gravées et dorées, offrant plusieurs figurines.

17 — Plastron d'une cuirasse milanaise de la fin du XVIe siècle, orné de figures et d'animaux.

18 — Plastron d'une cuirasse de même époque et de même provenance, à bandes repoussées et gravées.

19 — Plastron de cuirasse semblable aux précédents. L'ornementation comporte différentes figures d'hommes.

20 — Plastron d'une cuirasse milanaise de la fin du XVIe siècle, à bandes gravées.

21 — Plastron d'une cuirasse milanaise à bandes repoussées et gravées.

22 — Plastron de cuirasse milanaise à bandes gravées.

23 — Dossière d'une cuirasse milanaise à bandes repoussées et gravées.

24 — Dossière d'une cuirasse milanaise à bandes gravées.

25 — Dossière d'une cuirasse milanaise à bandes gravées.

26 — Cuirasse de l'époque de Louis XIV, en acier bruni, offrant au centre du plastron et dans un médaillon une figure. On remarque aussi quelques filets dorés. Pansière et garde-reins articulés. Cette cuirasse a conservé son ancienne garniture.

27 — Plastron d'une cuirasse milanaise à bandes gravées.

28 — Plastron d'une cuirasse milanaise à bandes gravées.

29 — Colletin sous Henri IV, en acier gravé et doré ; l'ornementation offre quelques figures; le sujet principal est un guerrier, au centre d'un médaillon.

30 — Colletin de l'époque de Henri IV, en acier bruni, orné de bandes gravées et dorées.

31 — Partie de derrière d'un colletin d'une armure de la fin du XVIe siècle, en acier gravé à rinceaux et à ornements dorés.

32 — Colletin d'une armure milanaise de la fin du XVIe siècle, à bandes gravées.

33 — Colletin d'une armure de la première moitié du XVIe siècle, en acier poli.

34 — Colletin d'une armure de l'époque de Louis XIII, à bandes repoussées en creux et garnies de clous de fer.

35 — Devant de colletin d'une armure de l'époque de François Ier. Forte gorge ciselée en torsade.

36 — Pièce de renfort d'épaulière gauche d'une armure du milieu du XVIe siècle, en acier poli, bordée d'une bande finement gravée.

37 — Brassard gauche d'une armure de la seconde moitié du XVIe siècle, en acier bruni et doré. La gravure est à remarquer pour sa finesse. Des trophées d'armes sont les principaux motifs de décoration.

38 — Brassard droit d'une armure de la seconde moitié du XVIe siècle, en acier bruni, gravé et doré.

39 — Brassard droit d'une armure de la fin du XVIe siècle, à bandes repoussées et gravées.

40 — Brassard gauche d'une armure de la fin du XVIe siècle, à bandes gravées.

41 — Barde de crinière d'un harnais de cheval du XVIe siècle, composé de cinq lames articulées, repoussées à la crête, entièrement gravées et dorées.

41 *bis* — Cubitière d'une armure maximilienne de la première moitié du XVIe siècle.

42 — Épaulière d'une armure du milieu du XVIe siècle, en fer repoussé, gravé, bruni et doré.

43 — Épaulière d'une armure maximilienne de la première moitié du XVIe siècle.

44 — Deux portions de canon de brassard d'avant-bras d'une armure du milieu du XVIe siècle.

45 — Devant de colletin d'une armure simple, en fer poli.

46 — Gantelet droit, à bandes gravées, d'une armure milanaise, de la seconde moitié du XVIe siècle,

47 — Gantelet droit, en fer poli, orné de clous de cuivre, d'une armure de l'époque de Louis XIII.

48 — Gantelet droit, d'une armure de lansquenet, de la seconde moitié du XVIe siècle, en fer noirci, offrant des bandes repoussées et polies.

49 — Miton droit d'une armure de la première moitié du XVIe siècle, en fer finement gravé et doré, garni de clous à rosaces de cuivre.

50 — Tassettes d'une armure du XVIe siècle, en fer repoussé, gravé et poli. Une fleur de lis et une volute sont les principaux motifs.

51 — Cuissard droit, en fer poli, d'une armure de la seconde moitié du XVe siècle, pourvu du grand aileron. Un pédieu en fer noirci et de forme dite à la poulaine.

52 — Paire de grèves complètes, d'une armure du milieu du XVIe siècle, en fer poli ; les bouts des solerets sont cannelés.

53 — Grève d'une armure de la fin du XVe siècle, percée à sa partie inférieure pour recevoir une chaussure de mailles.

54 — Grève d'une armure de la fin du XVe siècle, en acier poli.

55 — Très beau gantelet d'une armure de la fin du XVIe siècle, en fer noirci, gravé et doré; d'une exécution remarquable.

56 — Deux portions inférieures de grèves d'une armure de l'époque de Henri II, en fer noirci et à bandes gravées et dorées.

57 — Lame d'un garde-reins d'une armure de l'époque de Henri IV, en fer repoussé, finement gravé et doré.

58 — Paire d'éperons du temps de Louis XIII, ciselés et entièrement dorés. Molettes à étoiles rayonnantes à cinq pointes.

59 — Éperon du temps de Louis XIII, ciselé et repercé à jour ; en fer noirci. Molette à cinq pointes en forme de fleur de lis. Il porte son crochet de sous-pied et de jolies boucles d'un goût remarquable.

60 — Éperon du XVIIe siècle, en fer noirci, enrichi d'une fine damasquine d'argent. Molette à dix pointes.

61 — Petit modèle en fer poli, d'une armure de la fin du règne de Henri II.

62 — Petit modèle d'une armure sous François Ier. Ce harnois très complet est pourvu de sa cotte de mailles et tient une épée.

63 — Chanfrein d'un harnois de cheval du milieu du XVIe siècle, entièrement gravé. L'ornementation comporte des rinceaux à feuillages et des trophées d'armes.

CASQUES

64 — Salade de joute, en acier poli, de la fin du XIVe siècle ou du commencement du XVe, à bords rabattus. Timbre à arêtes repoussées. Cette pièce est très rare.

65 — Salade d'archer de la première moitié du xve siècle, bordée par un cordon saillant. Elle porte une marque de fabrique.

66 — Armet de la fin du xve siècle, en acier. Timbre renforcé au frontal. Mézail d'une seule pièce. La partie inférieure du casque s'ouvre à la mentonnière.

67 — Armet du milieu du xvie siècle, en acier poli, offrant des bandes et des ornements finement gravés. Mézail d'une seule pièce, pourvu au ventail de trois rosaces repercées. Gorge pour recevoir le colletin.

68 — Armet de la première moitié du xvie siècle, en acier poli. Pièce de renfort du frontal très développée. Ventail semé au côté droit d'ouvertures en forme de trèfle. Gorge pour recevoir le colletin.

69 — Armet de la fin du xve siècle. Timbre renforcé au frontal. Mézail d'une seule pièce. La partie inférieure du casque se divise à la mentonnière.

70 — Salade d'une armure maximilienne de la fin du xve siècle. Timbre légèrement cannelé. Cou-

vre-nuque articulé. Mézail pourvu d'ouvertures rectangulaires pour la vue et l'aération.

71 — Armet de la fin du XVe siècle. Mézail d'une seule pièce. Frontal renforcé. Portion inférieure se divisant à la mentonnière.

72 — Armet d'une armure maximilienne de la première moitié du XVIe siècle, en acier cannelé. Crête peu élevée, ciselée en torsade. Mézail à soufflet. Couvre-nuque articulé.

73 — Armet semblable et de même époque que le précédent. Mézail cannelé et pourvu d'ouvertures. Couvre-nuque articulé.

74 — Armet de la première moitié du XVIe siècle. Timbre offrant trois arêtes repoussées. Couvre-nuque articulé. Mézail très saillant, cannelé et d'une seule pièce.

75 — Armet du milieu du XVIe siècle, en acier poli et gravé. Crête légèrement relevée, ciselée en torsade. Mézail de deux pièces. Gorgerin articulé.

76 — Armet du milieu du XVIe siècle, en acier poli. Timbre à crête peu prononcée. Mézail très

saillant, d'une seule pièce, percée à la vue; sections repoussées au ventail.

77 — Armet du milieu du XVIe siècle, à bandes repoussées et gravées. Timbre à crête très peu élevée. Mézail de deux pièces, percé au côté droit d'ouvertures imitant un grillage.

78 — Armet du milieu du XVIe siècle. Timbre à arête prononcée. Mézail de deux pièces. Ventail très en saillie.

79 — Armet de l'époque de Henri II. Crête très prononcée, ciselée en torsade. Mézail de deux pièces. Porte-plumail au côté droit du timbre. La crête et la bordure des arêtes étaient autrefois entièrement dorées; il en reste encore de nombreuses traces.

80 — Armet du milieu du XVIe siècle, à bandes gravées. Crête dentelée et peu prononcée.

81 — Armet de la fin du XVIe siècle, en acier poli. Crête très prononcée terminée par un cordon. Mézail de deux pièces. Gorgerin articulé.

82 — Armet de la seconde moitié du XVIe siècle. Crête très élevée, ciselée en torsade. On remarque sur le timbre et sur le gorgerin un ornement repoussé et gravé imitant une chaîne.

83 — Armet de l'époque de Louis XIII, en fer noirci, orné de larges rinceaux gravés et dorés. Crête peu prononcée. Large gorgerin.

84 — Armet du milieu du XVIe siècle, à bandes gravées et dorées. Crête peu prononcée portant de nombreuses traces de coups d'épée. Gorge pour recevoir le colletin.

85 — Armet du milieu du XVIe siècle, en acier poli, gravé et doré. Sujet de l'ornementation : bandes encadrées par des demi-cercles. Porte-plumail.

86 — Casque de l'époque de Louis XIII, en fer peint en noir, enrichi de larges filets dorés. Mézail à visière. Ventail en forme de grille.

87 — Casque de l'époque de Louis XIII. Timbre cannelé. Crête très prononcée, terminée en pointe par une boule ciselée. Large gorgerin à lames articulées.

88 — Casque en acier poli, de l'époque de Louis XIII. Timbre à huit pans surmonté d'une boule de pin. Visière articulée. Bavière et gorgerin.

89 — Casque du temps de Louis XIII. Timbre cannelé. Crête très prononcée, terminée en pointe. Large gorgerin articulé. Ventail semé de clous de cuivre.

90 — Bourguignotte de la seconde moitié du XVIe siècle, en acier poli. Timbre orné de trois crêtes repoussées et dentelées.

91 — Bourguignotte de la seconde moitié du XVIe siècle, ornée de bandes gravées. Crête très élevée.

92 — Bourguignotte de la seconde moitié du XVIe siècle, gravée à larges rinceaux. Crête élevée et ciselée en torsade.

93 — Bourguignotte de même époque que les précédentes, en acier poli. Crête prononcée, entièrement dorée, ainsi qu'un large filet qui borde ce casque.

94 — Bourguignotte de la fin du XVIe siècle ou du commencement du XVIIe. Timbre terminé par

un ergot comme certains cabassets. Très petites oreillères.

95 — Morion allemand, en fer noirci, gravé et doré. Crête très élevée offrant dans un cartouche les armes de Saxe. Coiffe intérieure maintenue par des clous de cuivre à tête de lion.

96 — Morion de la fin du XVIe siècle, entièrement gravé et doré. Crête fortement élevée.

97 — Morion de la seconde moitié du XVIe siècle en fer noirci, gravé et doré. Cette belle pièce a été trouvée dans les fouilles du château d'Anet.

98 — Morion italien de la seconde moitié du XVIe siècle, entièrement gravé et doré. De larges rinceaux encadrent des figures d'hommes et d'animaux.

99 — Morion de la fin du XVIe siècle, en fer gravé et à fonds dorés. On remarque sur la crête et au centre d'un cartouche un compas, ce qui paraît indiquer qu'il appartenait à un membre de corporation.

100 — Morion en fer noirci, orné de bandes et de cartouches gravés. La crête est aux armes de Saxe.

101 — Morion orné de bandes et de cartouches gravés et dorés. On remarque, sur l'un des côtés du timbre, un fantassin; sur l'autre, un cavalier. La crête porte les armes de Saxe.

102 — Petit morion des piquiers de la garde suisse, sous Henri III et Henri IV. Il porte des deux côtés du timbre une fleur de lis sur fond noir.

103 à 108 — Six morions semblables à celui qui précède.

109 — Morion de soldat d'infanterie, offrant de chaque côté du timbre un chevron repoussé sur fond noir.

110 — Morion de soldat d'infanterie, portant sur chacun des côtés du timbre une roue repoussée sur fond noir.

111 — Morion de la première moitié du XVIIe siècle, ne différant des précédents que par son ornement repoussé.

112 — Cabasset italien de la seconde moitié du XVIe siècle, en fer noirci, gravé et doré. Sujet de l'ornementation : cloisons encadrant des rinceaux à feuillages et des figurines. Pièce d'une grande richesse.

113 — Cabasset de la fin du XVIe siècle. Timbre, terminé par un ergot, orné de bandes et de cartouches gravés.

114 — Cabasset de la fin du XVIe siècle, gravé au trait. Un des côtés du timbre offre un guerrier; l'autre côté, une femme nue.

115 — Cabasset de soldat en fer poli.

116 — Cabasset de la fin du XVIe siècle ou du commencement du XVIIe, offrant des bandes gravées, encadrées par des filets Des clous de cuivre à rondelles en forme de rosace servaient à fixer la coiffe.

117 — Cabasset de même époque et de même forme que le précédent. L'ornementation offre des cartouches à figurines.

118 — Petit cabasset de soldat. Timbre gravé.

119 — Casque de siège de la première moitié du XVIIe siècle, en fer noirci. Timbre cloisonné, surmonté d'une pointe. Grand couvre-nuque articulé. Nasal mobile faisant mouvoir un masque pour protéger le visage.

120 — Casque d'officier de cuirassiers, du temps de Louis XIII ou du commencement du règne de Louis XIV, à visière fixe, à nasal mobile et à couvre-nuque. Cette belle pièce est gravée, argentée et dorée. Ce fut le dernier casque porté.

121 — Casque de cuirassiers du règne de Louis XIII ou du commencement du règne de Louis XIV. Timbre divisé en six parties égales par des cordons repoussés. Grand couvre-nuque. Visière et nasal.

122 et 123 — Deux casques semblables à celui qui précède.

124 à 126 — Trois casques analogues à ceux qui précèdent.

127 — Casque sarrasin. Timbre conique terminé par un bouton ovale. Le pourtour inférieur et le haut du timbre sont gravés et dorés.

128 — Casque turc du XVIe siècle, portant au timbre des cannelures tordues en spirales. Le pourtour et la partie supérieure sont gravés et dorés et offrent des caractères arabes damasquinés en argent.

129 — Casque turc, analogue au précédent, un peu plus simple.

130 — Casque sarrasin. Timbre cannelé longitudinalement, de même forme que les précédents, portant de nombreuses traces d'ornements gravés et dorés.

131 — Casque sarrasin, analogue aux précédents, enrichi d'une fine damasquine d'or.

132 — Casque turc du XVIe siècle. Timbre à cannelures tordues en spirales. Pourtour inférieur et partie supérieure offrant une jolie damasquine d'or.

133 — Casque sarrasin, à petites cannelures, portant plusieurs inscriptions arabes.

134 — Casque turc du XVIe siècle, en fer noirci, gravé et doré. Inscriptions en caractères arabes et en argent damasquiné.

PIÈCES DIVERSES

135 — Portion de gorgerin d'un armet du XVIe siècle, à bandes dorées et finement gravées.

136 — Ventail d'un armet du XVIe siècle, entièrement gravé et doré, d'une grande richesse d'exécution.

137 — Bavière d'une bourguignotte de la fin du XVIe siècle, à bandes repoussées et gravées.

138 — Bavière d'une bourguignotte italienne du XVIe siècle, à bandes repoussées et finement gravées.

139 — Belle rondache italienne en cuir noirci et gaufré. Le sujet de la bordure offre des Amours combattant des Chimères ; et le champ, trois figures de Bellone, entourées de rinceaux.

140 — Rondache analogue à la précédente. Sujet central : le dieu Mars ; sur le champ, des trophées d'armes, et sur la bordure des rinceaux et des mascarons.

141 — Rondelle italienne, en fer. Champ partagé en cinq parties égales par cinq bandes repoussées et gravées.

142 — Belle rondelle italienne, en fer repoussé, ciselé et gravé. Sujet : guerriers romains livrant un combat devant une ville assiégée.

143 — Rondelle du XVIe siècle, entièrement gravée à la pointe, présentant des figures et des attributs militaires. Champ divisé en cinq parties.

144 — Rondache de la fin du XVIe siècle, sur laquelle se détache une étoile à rayons flamboyants.

145 — Rondache du XVIe siècle. Champ divisé en six parties par des bandes gravées.

146 — Targe carrée, bordée d'une torsade, portant au centre une couronne de marquis et une figure, dont le bas du corps se termine en queue de serpent.

ARMES OFFENSIVES

Épées, Sabres et Couteaux de Chasse

147 — Épée d'armes du xve siècle. Lame aiguë à arête adoucie. Longs quillons aplatis, recourbés vers la pointe. Pommeau ovale.

148 — Épée de ville de la fin du xvie siècle. Lame à trois pans, gorge près du talon. Triple garde. Longs quillons. Pommeau en forme de poire. La poignée est damasquinée d'argent sur un fond bruni.

149 — Rapière espagnole du xviie siècle. Lame étroite à arête adoucie. Garde en corbeille ciselée en relief et repercée à jour. Branche rejoignant le pommeau.

150 — Épée du commencement du xviie siècle. Lame repercée et portant une marque de fabrique. Pas-d'âne. Double garde, la première pourvue d'une plaque ajourée. Un des quillons forme la branche; l'autre est recourbé sur la lame.

151 — Rapière du XVIIe siècle, portant dans une de ses gorges le nom du fabricant. Garde en corbeille ciselée, offrant des scènes militaires du XVe siècle.

152 — Épée du XVe siècle. Lame aiguë à arête prononcée. Quillons recourbés vers la lame et aplatis aux extrémités. Pommeau circulaire, évidé concentriquement.

153 — Épée de la fin du XVIe siècle. Lame étroite, à arête saillante. Contre-garde. Gardes parallèles. Longs quillons. Pommeau sphérique. Poignée ornée d'une damasquine d'argent se détachant sur un fond noirci.

154 — Épée du temps de Henri IV. Lame portant dans sa gorge le nom du fabricant. Garde fournie par une coquille repercée. Quillons courbés en sens contraire. Pommeau à huit pans. Cette poignée était autrefois entièrement argentée.

155 — Épée d'armes allemande du milieu du XVIe siècle. Lame pourvue de deux gorges. Poignée ciselée et noircie. Double garde et pommeau cannelé.

156 — Rapière espagnole du XVIIe siècle. Lame très fine. Garde en corbeille et fusée repercées et ciselées à jour. Quillons tordus en spirale, terminés par un bouton.

157 — Belle épée italienne du milieu du XVIe siècle. Lame évidée par une profonde gorge. Garde et contre-garde en coquilles ciselées et repercées. Quillons tordus en sens inverse. Pommeau ciselé en demi-ronde bosse.

158 — Épée de la fin du XVIe siècle. Lame à trois pans portant une marque de fabrique. Triple garde. Longs quillons terminés en olive. Pommeau cannelé. Toute la poignée est semée d'un pointillé d'argent et de filets dorés se détachant sur un fond noir.

159 — Épée allemande. Large lame dorée au talon. Pas-d'âne et triple garde. Longs quillons tournés, l'un vers la pointe, l'autre en sens contraire. Toute la poignée est dorée.

160 — Belle épée allemande du commencement du XVIIe siècle. Lame à arête très prononcée. Garde en coquille, repercée à jour, offrant le double aigle d'Allemagne. Pommeau cannelé. Toute la monture est dorée et taillée à pans.

161 — Épée de la seconde moitié du XVIe siècle. Lame portant une marque de fabrique. Double garde. Contre-garde. Longs quillons. Pommeau cannelé. Toute la poignée est bleuie.

162 — Épée de la fin du XVIe siècle. Lame à pans adoucis. Pommeau cannelé de forme prismatique. Quillons tournés, l'un vers la poignée, l'autre vers la pointe.

163 — Rapière espagnole du XVIIe siècle. Lame à arête prononcée. Garde à jour en corbeille. Longs quillons et branche ciselés en torsades.

164 — Épée portugaise du XVIIe siècle. Lame à trois pans, évidée près du talon. Garde en corbeille repercée et fournissant la branche. Quillons en torsades. Pommeau ciselé.

165 — Belle rapière espagnole du XVIIe siècle. Garde en corbeille à bords rabattus, repercée et ciselée d'une façon remarquable. Branche et longs quillons en torsades.

166 — Rapière analogue à la précédente et d'une grande finesse d'exécution.

167 — Épée de la seconde moitié du XVIe siècle. Garde fournie par deux branches tordues. Pas-d'âne. Pommeau à huit pans.

168 — Épée du XVIe siècle. Large lame. Garde simple. Longs quillons tordus en sens inverse. Pommeau en forme de corbeille.

169 — Rapière espagnole. Lame à arête adoucie Garde en corbeille. Bouts des quillons ciselés. Pommeau légèrement gravé.

170 — Épée de la fin du XVIe siècle. Lame à arête aplatie portant le nom de son fabricant. Garde à quatre branches, la première est pourvue d'un grillage. Longs quillons. Pommeau en forme de corbeille. Toute la poignée est ciselée et noircie.

171 — Épée de la seconde moitié du XVIe siècle. Lame à trois pans. Pas-d'âne, triple garde, courts quillons entièrement cannelés.

172 — Sabre de la fin du XVIIe siècle. Lame à un seul tranchant. Garde. Contre-garde. Branche rejoignant le pommeau. Quillons courbés, l'un sur la branche, l'autre vers la lame. Poignée noircie finement damasquinée d'argent.

173 — Épée de la fin du XVIe siècle ou du commencement du XVIIe. Lame évidée. Pas-d'âne. Triple garde. Bouts des quillons renflés. Pommeau en forme de poire. Filets et étoiles d'argent sur un fond noirci.

174 — Épée du milieu du XVIe siècle. Lame portant la marque et le nom du fabricant. Poignée en laiton enrichie de cartouches à figurines émaillées. Cette belle pièce a conservé son fourreau.

175 — Épée vénitienne du XVIIe siècle. Lame cloisonnée. Garde en anneau. Les bouts des quillons et le pommeau sont ciselés en tête de lion. Poignée entièrement dorée.

176 — Épée de la fin du XVIe siècle. Lame à un seul tranchant. Poignée en fer bruni. Garde à deux branches. Pommeau sphérique.

177 — Épée italienne du milieu du XVIe siècle. Lame à trois pans. Double garde. Contre-garde. Quillons formant la branche. Poignée noircie et ciselée en demi-ronde bosse offrant des sujets militaires. Les fonds étaient autrefois dorés.

178 — Épée de la seconde moitié du XVIe siècle, très élégante de forme. Lame évidée sur toute la longueur. Les centres des gardes, du pas-d'âne, de la branche et les bouts des quillons sont renflés en olive. Toutes les parties de la poignée sont damasquinées d'argent.

179 — Épée du XVIe siècle. Lame offrant au talon trois aigles aux ailes éployées. Poignée en fer noirci. Pommeau ciselé en volutes.

180 — Épée d'armes du temps de Henri IV. Lame à trois pans portant le nom du fabricant. Garde à double coquille repercée à jour. Pommeau à huit pans.

181 — Épée de la seconde moitié du XVIe siècle, Lame étroite. Triple garde. Contre-garde, bouts des quillons en forme de bouton. Pommeau à douze pans.

182 — Épée d'armes du milieu du XVIe siècle. Lame à pan supérieur aplati. Double garde. Longs quillons tournés, l'un vers la pointe, l'autre vers la poignée. Pommeau à six pans.

183 — Belle rapière espagnole de la fin du XVIIe siècle. Garde en corbeille finement ciselée et repercée.

Elle provient de la vente Fortuny

184 — Épée portugaise du XVIIe siècle. Lame à arête. La garde en corbeille forme la branche et rejoint le pommeau. Longs quillons tordus en spirale. Pommeau ciselé à entrelacs.

185 — Rapière espagnole de même époque. Garde en corbeille repercée et finement ciselée. Longs quillons et branches terminés par des boutons. Pommeau séparé en deux sections par une profonde cannelure.

186 — Arme analogue. Lame quadrangulaïre.

187 — Épée de la fin du XVIe siècle. Double garde fournie en partie par les branches du pas-d'âne. Contre-garde à plaque ajourée. Poignée noircie et incrustée d'argent. Quatre figures sur le pommeau.

188 — Rapière espagnole. Garde en corbeille, partie cannelée et partie repercée. Quillons très longs. Pommeau en torsade.

189 — Épée de la fin du XVIIe siècle. Deux coquilles repercées. Bouts des quillons aplatis, offrant une rosace dorée. Pommeau offrant des feuilles d'acanthe.

190 — Épée du XVIIe siècle. Longue lame. Poignée brunie et dorée, enrichie d'une damasquine d'argent.

191 — Épée du milieu du XVIe siècle. Lame à pan supérieur adouci. Poignée ciselée en chaînettes. Pommeau offrant des entrelacs. Cette arme est entièrement dorée.

192 — Épée de même époque. Garde double. Quillons tournés l'un vers la pointe, l'autre vers la poignée. Pommeau cannelé, gravé et doré ainsi que toutes les autres parties de la poignée.

193 — Épée de même époque. Lame à arête adoucie, portant une marque de fabrique. Garde triple. Quillons repercés. Poignée noircie.

194 — Épée analogue. Branche, garde et quillons cannelés. Pommeau en forme de poire.

195 — Épée analogue à la précédente.

196 — Épée d'arçon de la première moitié du XVIe siècle. Lame rectangulaire, terminée en forme de spatule. Quillons carrés. Pommeau cannelé. Longue fusée couverte de cuir.

197 — Épée du XVIe siècle. Garde fournie par le pas-d'âne. Quillons tordus vers la pointe. Pommeau offrant un cordon saillant. En fer noirci.

198 — Épée d'arçon. Talon de lame gravé. Garde à plaque repercée. Pommeau cannelé.

199 — Épée d'escrime de la seconde moitié du XVIe siècle. Poignée en fer poli. Pommeau taillé à pans.

200 — Rapière du XVIIe siècle. Garde en corbeille, repercée et gravée. Pommeau cylindro-conique.

201 — Sabre à un seul tranchant, l'un des quillons forme la branche. Pommeau à arête médiane.

202 — Épée espagnole de la fin du XVIIe siècle. Lame à pans adoucis. Courts quillons en forme de boutons, ciselés ainsi que le pommeau.

203 — Sabre du XVIIIe siècle. Garde en coquille. Branche rejoignant le pommeau.

204 — Épée de la fin du XVIIe siècle Bouts des quillons en forme de flèches. Garde fournie par plusieurs branches.

205 — Épée de parement, dans son fourreau. Pommeau et quillons en cuivre ciselé en torsades.

206 — Épée à lame triangulaire. Large garde. Quillons épatés, pommeau aplati.

207 — Épée du XVIIIe siècle. Lame triangulaire. Poignée en fer poli. Garde en corbeille.

208 — Épée de la fin du XVIe siècle. Poignée en fer noirci et gravé. Pommeau de forme conique.

209 — Claymore écossaise. Lame à pans adoucis. Garde en berceau.

210 — Claymore analogue à celle qui précède.

211 — Épée du XVIIe siècle. Poignée en fer poli. Triple garde; la première est en forme de coquille.

212 — Épée du XVIe siècle. Lame à trois pans. Poignée brunie. Deux gardes. Quillons tordus en avant. Pommeau ciselé et en forme de prisme.

213 — Épée de la fin du XVIIe siècle. Poignée polie. Garde en corbeille, bordure percée de trous cylindriques.

214 — Épée de même époque. Lame et poignée gravées. Garde repercée et fournissant la branche. Quillons courbés l'un vers la lame, l'autre à l'opposé.

215 — Épée de parement, dans son fourreau. Poignée en cuivre, pommeau cannelé.

216 — Épée de la fin du XVIIe siècle, probablement écossaise. Lame à pans. Garde en berceau. Longs quillons terminés en fer de flèche.

217 — Épée du XVIe siècle. Lame évidée. Poignée brunie. Garde en anneau. Quillons tournés vers la lame. Pommeau aplati.

218 — Rapière du XVIIe siècle. Poignée en fer poli. Garde simple, en corbeille. Bouts des quillons et pommeau en forme de bouton.

219 — Épée de la fin du XVIe siècle. Poignée en fer noirci. Trois gardes symétriques. Pommeau cannelé.

220 — Épée du XVIe siècle. Large lame évidée. Poignée noircie. Deux gardes symétriques. Un des quillons fournit la branche.

221 — Épée à deux mains de la première moitié du XVIe siècle. Lame dentelée, de forme dite flamboyante.

222 — Épée analogue à la précédente. Lame non dentelée pourvue de deux gorges. Garde à double anneau. Longs quillons tournés en volutes.

223 — Arme analogue. Lame en partie gravée et dorée offrant deux crocs et revêtue de cuir. Quillons terminés par des fleurs de lis. Cette belle pièce a conservé son ancienne fusée.

224 — Épée anglaise de chasse et de parement, dans son fourreau. Lame portant sa date. Poignée dorée, ornée de plusieurs têtes de cerf.

225 — Épée de page. Lame quadrangulaire. Quillons en argent ciselé sur fonds dorés. Fusée cannelée en ivoire.

226 — Fleuret du XVIIe siècle. Lame triangulaire. Garde en coquille, ciselée et repercée. Quillons à quatre pans.

227 — Épée de la fin du XVIIIe siècle. Lame triangulaire, bleuie au talon. Poignée et dragonne en perles d'acier.

228 — Épée analogue à la précédente : son perlé est disposé en rosaces et elle n'est pas accompagnée de sa dragonne.

229 — Épée du temps de Louis XIV. Lame à pans évidés. Garde en coquille. Courts quillons terminés par de gros boutons. Cette belle poignée est noircie et offre des ornements à figurines ciselés et repercés.

230 — Épée allemande de l'époque de Louis XIV. Inscription gravée au talon de la lame. Belle poignée entièrement ciselée et repercée.

231 — Épée analogue. Lame portant dans une profonde gorge d'évidement le nom de son fabricant.

232 — Épée de page sous Louis XV. Poignée en cuivre ciselé et doré. Fusée en porcelaine.

233 — Épée analogue à celle qui précède.

234 — Épée de la fin du règne de Louis XIV. Lame à arête adoucie. Garde en coquille. Poignée cannelée en fer poli.

235 — Épée sous la restauration. Lame de Sollingen. Poignée en acier poli, ciselée en torsades.

236 — Belle colichemarde du temps de Louis XIV. Lame élargie au talon. Poignée entièrement ciselée, offrant sur la garde et le pommeau des motifs militaires.

237 — Épée du temps de Louis XV. Lame à arête adoucie. Poignée en fer repercée à jour.

238 — Belle épée du temps de Louis XIV. Lame à trois pans en partie gravée et dorée, pourvue d'une gorge d'évidement. Poignée ciselée en relief, offrant des motifs militaires.

239 — Épée du temps de Louis XV. Lame bleuie au talon. L'ornementation de la poignée se détache sur un fond d'or. Travail à remarquer.

240 — Épée du commencement du règne de Louis XIV. Lame allégée par deux gorges

d'évidement repercées. Courts quillons. Coquille et pommeau enrichis de sujets militaires ciselés en relief.

241 — Épée du temps de Louis XV. Poignée noircie, damasquinée d'argent.

242 — Épée de même époque, d'une grande richesse d'exécution. Lame taillée à facettes, en partie gravée. Poignée noircie offrant des médaillons à figurines en argent incrusté.

243 — Épée de même époque. Lame et poignée gravées ; la gravure de la poignée se détache sur un fond d'or.

244 — Épée de même époque. Lame à pan supérieur aplati. Poignée en cuivre argenté, présentant des médaillons contenant des fleurs.

245 — Épée de la fin du règne de Louis XIV. Garde en coquille. Quillons recourbés vers la pointe. L'ornementation de la poignée est sur un fond d'or.

246 — Épée du XVIIIe siècle. Poignée noircie et damasquinée d'argent.

247 — Épée analogue. Sujet de l'ornementation : des filets et des médaillons à figures. Filigrane de la fusée en argent.

248 — Épée de même époque. Poignée en partie ciselée, repercée et dorée.

249 — Épée de cour sous Louis XV. Lame triangulaire, évidée et dorée au talon. Poignée en argent, repercée et ciselée en rinceaux à feuillages.

250 — Épée du siècle dernier. Lame flamboyante. Poignée portant des sujets de chasse sur un fond d'argent.

251 — Épée de même époque. Lame triangulaire, bleuie au talon. Ornements de la poignée, polis sur fond doré.

252 — Épée de même époque. Lame gravée au talon. Poignée en acier poli, entièrement ciselée et repercée à jour.

253 — Épée du temps de Louis XVI. Lame triangulaire, dans son fourreau. Poignée à fond d'or, enrichie de perles d'argent.

254 — Épée ne différant de la précédente que par les cordons ciselés et dorés qui encadrent l'ornementation perlée.

255 — Épée du XVIIIe siècle. Lame triangulaire. Poignée damasquinée d'argent sur fond noirci.

256 — Épée de même époque. Lame à crête adoucie. Poignée en cuivre doré, ciselée en spirales.

257 — Épée de cour, espagnole. Lame portant plusieurs inscriptions. Poignée entièrement dorée, enrichie par des émaux et un perlé en cristal.

258 — Épée de même époque que les précédentes. Lame triangulaire, évidée. Poignée en fer ciselé.

259 — Épée du temps de Napoléon Ier. Fine lame. Poignée dorée en plein. Fusée et coquille de la garde en cristal de roche, ornés de motifs grecs.

260 — Épée du temps de Louis XV. Lame triangulaire, bleuie au talon. Poignée ciselée et repercée, entièrement en argent. Des fleurs

et des feuillages sont les principaux motifs de décoration.

261 — Colichemarde du temps de Louis XV. Poignée enrichie de perles d'acier, de médaillons bleuis et damasquinés d'or.

262 — Épée de même époque. Garde, écusson et pommeau offrant des rinceaux à feuillages repercés et ciselés.

263 — Épée analogue. Poignée entièrement dorée. Sujet de décoration : des motifs militaires.

264 — Épée des premières années du XVIIIe siècle. Lame entièrement gravée sur un fond d'or. Poignée en fer, finement ciselée.

265 — Épée du XVIIIe siècle. Poignée en fer, noircie, et enrichie d'une damasquine d'argent.

266 — Sabre du XVIIe siècle. Large lame recoupée à la pointe. Fusée en bois, à tête de nègre, coiffée d'une calotte en fer gravé.

267 — Épée du XVIIIe siècle. Lame à pan supérieur aplati. Poignée noircie et damasquinée d'ar-

gent, offrant plusieurs médaillons à figures, d'une belle exécution.

268 — Épée de même époque. Lame entièrement gravée, offrant un guerrier vêtu à l'antique. Travail de la poignée à remarquer.

269 — Épée du temps de Louis XIV. Gorge de la lame percée à jour. Garde en anneaux. Courts quillons et pommeau en fer noirci et ciselé.

270 — Épée du temps de Louis XIV. Lame quadrangulaire. Poignée en acier, offrant des boutons, des filets ciselés et quelques parties gravées.

271 — Sabre de même époque. Poignée en fer noirci offrant quelques traces de damasquine d'argent.

272 — Épée de même époque. Arête portée d'un seul côté de la lame. Garde en coquille. Courts quillons. Poignée ciselée, offrant sur la garde et le pommeau des médaillons à figures.

273 — Épée de même époque, en fer gravé. Poignée repercée à jour.

274 — Épée de la fin du règne de Louis XIV. Lame à trois pans. Poignée ciselée à médaillons et figurines.

275 — Épée d'enfant. Lame à un seul tranchant. Poignée en fer, ciselée et repercée. Garde fournie par plusieurs feuilles d'acanthe superposées. Travail d'une grande finesse.

276 — Autre épée d'enfant. Lame quadrangulaire. Poignée gravée, autrefois dorée.

277 — Épée analogue aux précédentes. Lame triangulaire. Poignée en cuivre argenté, finement ciselée.

278 — Épée du temps de Louis XVI. Garde circulaire. Lame en partie bleuie et gravée. Poignée ornementée d'un perlé en acier.

279 — Épée de la fin du dernier siècle. Lame à arête aplatie. Poignée en cuivre en spirale.

280 — Épée analogue à la précédente.

281 — Glaive des élèves de l'École de Mars. Fourreau portant les attributs de l'École.

282 — Épée sous Louis XVI, dans son fourreau. Poignée garnie de perles en cristal de roche habilement disposées.

283 — Épée et fourreau de même époque. Sujet de la poignée : Scènes de chasse sur fond doré.

284 — Épée analogue. Lame gravée et dorée.

285 — Épée avec son fourreau, de même époque que les précédentes. Poignée en fer, noircie et perlée. Garde de forme circulaire dentelée. Fusée en torsade.

286 — Épée de même époque. Arête de la lame dentelée. Poignée ciselée sur un fond doré, représentant un combat.

287 — Analogue. Poignée offrant des trophées d'armes.

288 — Autre épée analogue. Poignee noircie, damasquinée or et argent. Sur la fusée un gentilhomme tenant un étendard fleurdelisé.

289 — Épée du commencement du siècle. Poignée dorée, garde offrant des trophées d'armes et deux canons montés sur leur affût.

290 — Épée du XVIIIe siècle. Lame gravée au talon. Poignée noircie, ornée de trophées d'armes sur fond d'or.

291 — Épée analogue. Poignée ornée d'une damasquine d'or sur un fond noirci. Beau travail.

292 — Épée analogue, avec son fourreau. On remarque des mascarons sur diverses parties de la poignée.

293 — Épée analogue. Motifs : des animaux.

294 — Épée analogue. Trophées sur la garde et sur le pommeau.

295 — Épée de même époque. Lame triangulaire évidée et bleuie. Poignée argentée offrant quelques figures accompagnées d'ornements.

296 — Épée du temps de Louis XVI avec son fourreau. Poignée en cuivre, ciselée et dorée.

297 — Sabre de fantaisie, sous le Directoire exécutif. Fourreau en galuchat à gros grains. Poignée en cuivre ciselé et entièrement doré.

298 — Épée du XVIIIe siècle. Lame triangulaire. Poignée ciselée et dorée.

299 — Sabre du temps de la première république. Lame portant cette devise : « Pour le salut de ma patrie ». Poignée dorée.

300 — Épée du temps de Louis XVI, dans son fourreau. Poignée repercée, ciselée et dorée.

301 — Sabre indien. Lame en partie gravée et bleuie. Poignée enrichie d'une fine damasquine d'or.

302 — Épée indienne. Large lame. Poignée noircie. Pommeau circulaire en forme de rondelle.

303 — Épée de cour du XVIIIe siècle. Lame gravée, bleuie et dorée. Poignée noircie, ciselée et dorée.

304 — Épée de même époque. Arête de la lame aplatie. Poignée ciselée et entièrement dorée.

305 — Épée analogue. Lame triangulaire, bleuie au talon.

306 — Épée offrant sur la lame cette devise : « L'honneur me fait servir ». Poignée ciselée et dorée. Fusée en jade sculpté en torsade.

307 — Épée de même époque. Poignée entièrement dorée, offrant des médaillons à figurines.

308 — Épée analogue. Poignée en fer finement ciselée.

309 — Épée analogue. Ciselures de la poignée se détachant sur un fond doré.

310 — Épée analogue, dans son fourreau. Poignée dorée. Pommeau en forme de casque.

311 — Épée de même époque. Lame triangulaire à filets longitudinaux, dorée et bleuie. Ciselures de la poignée sur fond d'or.

312 — Arme analogue. Lame bleuie, entièrement gravée et dorée. Poignée argentée offrant des ornements imitant un perlé.

313 — Épée analogue avec son fourreau. Ciselures de la poignée sur un fond d'or. Fusée rectangulaire.

314 — Épée à lame ciselée, offrant alternativement des surfaces pleines et des surfaces ornées de filets. Garde à quatre branches rejoignant le pommeau, damasquinée d'or.

315 — Épée du XVIIIe siècle. Poignée et garnitures du fourreau finement damasquinées d'or.

316 — Épée analogue. Lame triangulaire, bleuie, gravée et dorée.

317 — Épée analogue. Lame à arête aplatie. Poignée d'une exécution remarquable.

318 — Épée analogue. Lame gravée et dorée au talon.

319 — Épée de même époque. Lame triangulaire. Poignée dorée et repercée en chaînettes.

320 — Épée analogue accompagnée de son fourreau offrant des trophées d'armes.

321 — Couteau de chasse. Lame gravée au talon. Poignée en argent. Garde en coquille. Fusée en torsade.

322 — Couteau de chasse du temps de Louis XIV. Garnitures du fourreau et de la poignée en argent, offrant des figurines. Poignée en ivoire.

323 — Couteau de chasse de même époque. Garnitures de la poignée et du fourreau en fer repercé et gravé. Fusée en porcelaine.

324 — Couteau de chasse du XVIIIe siècle. Fourreau en galuchat. Ornements noirs, fond doré.

325 — Couteau de chasse de même époque. Large lame à arête prononcée. Poignée ciselée, portant des traces de dorure.

326 — Couteau de chasse dans son fourreau accompagné d'une trousse. Poignée et garnitures du fourreau offrant des scènes de chasse; on remarque un damier sur la fusée.

327 — Couteau de chasse d'un travail d'une belle exécution. Les ornements de la poignée et les garnitures du fourreau sont ciselés et repercés.

328 — Couteau de chasse. Poignée en ivoire sculpté, représentant des animaux d'espèces différentes.

329 — Couteau de chasse du XVIIIe siècle. Poignée en ivoire teint en vert. Quillons et garnitures du fourreau en cuivre ciselé.

330 — Couteau de chasse de même époque. Fourreau portant sa trousse. Les garnitures de la poignée et celle du fourreau sont en cuivre doré et offrent divers sujets de chasse.

331 — Autre couteau de même époque. Poignée dorée. Fusée revêtue de deux plaques en nacre.

332 — Couteau de chasse armé d'un pistolet à silex. Poignée en cuivre doré. Pommeau taillé en pied de cheval.

333 — Couteau de chasse de même époque que les précédents. Poignée et garnitures du fourreau en fer finement gravé.

334 — Couteau de chasse dans son fourreau. Quillons et garnitures de la poignée en fer repercé et ciselé. Fusée en ébène.

335 — Arme semblable. Poignée sculptée en filets à spirales. Fourreau en galuchat, garni d'argent.

336 — Couteau de chasse du temps de Louis XV. Lame à un seul tranchant, gravée et dorée au talon. Poignée en fer damasquiné d'or.

337 — Arme analogue. Poignée en ivoire sculpté, pommeau à tête de lion. La garde et les garnitures du fourreau sont ciselées et argentées.

338 — Arme analogue. Lame gravée en plein. Poignée en cuivre doré. Pommeaux et bouts des quillons ciselés en tête de lion.

339 — Chape d'un fourreau d'estoc allemand, en fer ciselé. Sujet : Chevalier agenouillé devant le Christ.

340 — Bouterolle d'un fourreau d'estoc allemand, ciselé à figurines.

341 — Coquille d'une épée du temps de Louis XV, offrant des sujets équestres, en fer finement ciselé.

342 — Garde, écusson et pommeau d'une épée du temps de Louis XV, en fer ciselé, se détachant sur un fond doré.

343 — Pommeau d'une épée du XVIe siècle, ciselé en ronde bosse. Sujet : le Christ sur la croix entre deux larrons.

344 — Ceinturon d'épée du XVIe siècle, en lames de cuivre, ciselées, repercées et dorées, assemblées par des anneaux.

345 — Chape de baudrier de la première moitié du XVIIe siècle, en cuir gaufré et piqué, offrant neuf pendants.

346 — Ceinturon du XVIIe siècle, en cuir, garni de ses boucles ciselées et dorées.

347 — Baudrier du temps de Louis XIV, en velours vert et jaune orné de broderies. Large boucle repercée, en fer.

348 — Pommeau d'épée taillé à facettes et damasquiné d'argent.

349 — Pommeau d'épée, cannelé, en forme de poire.

350 — Baudrier du temps de Louis XIV, en soie bleue, bordé d'un effilé jaune soutaché.

351 — Ceinturon d'épée, en étoffe bleue tramée or. Plaque ciselée et dorée offrant un lion sous une couronne fermée.

352 — Ceinturon d'épée sous la première république, en étoffe brodée, soie et argent, bordé d'une lézarde d'or. Boucle en argent repoussé et ciselé.

LANGUES DE BŒUF & DAGUES

353 — Langue de bœuf du XVIe siècle. Poignée plaquée d'ivoire offrant trois rosaces en cuivre. Lame taillée à pans et à compartiments.

354 — Arme analogue à la précédente. Garde et pourtour de la poignée gravés et dorés.

355.— Dague du milieu du XVIe siècle. Lame large et évidée. Quillons tordus en sens contraire. Garde en anneau. Pommeau orné de feuilles d'acanthe.

356 — Dague de la fin du XVIe siècle. Lame se divisant et formant trois pointes, par la pression faite sur un bouton saillant, placé près de la poignée.

357 — Dague dite main gauche, du commencement du XVIIe siècle. Lame à un seul tranchant, très aiguë. Grande garde repercée.

358 — Dague du XVIIe siècle. Garde à coquille cannelée. Quillons doubles. Lame à arête évidée.

359 — Main gauche du commencement du XVIIe siècle. Lame repercée. Garde simple. Longs quillons.

360 — Dague analogue à celle qui précède.

361 — Petite dague du XVIe siècle. Lame triangulaire. Quillons droits, taillés à pans.

362 — Dague de même époque. Lame quadrangulaire. Pommeau cannelé.

363 — Dague de même époque, bouts de quillons et pommeaux en forme de bouton.

364 — Dague suisse du milieu du XVIe siècle. Lame large et aiguë. Poignée en acajou. Quillons et pommeau en forme de croissant. Fourreau en cuivre ciselé représentant les travaux d'Hercule.

365 — Belle dague du milieu du XVIe siècle. Talon de lame doré et en forme de rectangle. Quillons et pommeau gravés et dorés. Fusée plaquée de nacre.

366 — Dague de même époque. Lame triangulaire. Poignée en agate.

367 — Dague de soldat. Poignée en corne, taillée à huit pans.

368 — Belle dague du XVIe siècle. Lame à filets ciselés en creux, repercée. Garde en anneau. Longs quillons. Filigrane du temps.

369 — Dague de même époque. Lame semblable à la précédente. Poignée en fer, ciselée et repercée, offrant des médaillons à figures.

370 — Belle dague de la première moitié du XVIe siècle. Lame repercée. Longs quillons tordus vers la pointe. Coquille ciselée et dorée sur chaque bout. Fusée en spirale.

371 — Dague analogue aux précédentes. Pommeau en forme de tête de chien.

372 — Dague analogue. Poignée ciselée en relief et dorée. Quillons terminés en tête de chien.

373 — Dague du milieu du XVIe siècle, allemande, en fer noirci. Garde, quillons et pommeau cannelés, ciselés en corbeille.

374 — Dague de soldat. Lame quadrangulaire. Courts quillons à trois pans. Pommeau aplati.

375 — Dague du milieu du XVIe siècle. Longs quillons tournés vers la lame. Garde en anneau. Poignée enrichie d'une fine damasquine d'or.

376 — Dague plus simple, de même époque. Poignée en fer noirci.

377 — Dague de même époque. Trois gorges au talon de la lame. Quillons droits. Garde en anneau. Poignée damasquinée d'argent, fond noirci.

378 — Belle trousse du XVIe siècle, allemande, pourvue de six lames à manche d'ivoire sculpté en tête de lion. Fourreau en cuir portant des garnitures repercées, gravées et dorées.

379 — Dague simple. Longs quillons tournés vers la pointe.

380 — Dague de soldat. Lame à un seul tranchant. Poignée en bois sculpté. Pommeau à tête de femme.

381 — Dague du XVIe siècle. Poignée noircie, damasquinée d'argent. Fusée en corne sculptée en cordons.

382 — Dague analogue. Quillons tournés vers la lame. Pommeau taillé à pans.

383 — Dague de même époque. Poignée en fer poli.

384 — Dague du milieu du XVIe siècle. Lame évidée par des filets. Garde en anneau, fermée par une plaque. Longs quillons tordus en avant. Pommeau à six pans. Travail d'une belle exécution.

385 — Dague du XVIIe siècle. Lame évidée. Poignée simple. Pommeau à huit pans.

386 — Dague suisse du milieu du XVIe siècle, que portaient les lansquenets, en fer noirci. Poignée conique en partie ciselée.

387 — Fourreau en bronze, de dague, ciselé à figures.

388 — Dague à lame triangulaire. Fusée en corne, taillée à pans.

389 — Main gauche du XVIIe siècle. Large garde ciselée, repercée et entièrement dorée.

390 — Main gauche de même époque. Longs quillons. Large garde repercée fournissant des enroulements ciselés en volutes.

391 — Main gauche analogue à celle qui précède, du plus beau travail espagnol.

392 — Main gauche analogue. Le travail de la garde et des bouts de quillons est à remarquer.

393 — Sabot de hampe d'arme d'hast, en fer noirci portant de nombreuses traces de dorure.

394 — Trousse très jolie, pourvue de quatre lames dont les poignées sont gravées et dorées. Les garnitures du fourreau sont ornées semblablement.

ARMES D'HAST

395 — Fer d'épieu de chasse, allemand, armorié, offrant une inscription en caractères d'or.

396 — Roncone italien de la fin du XVIe siècle. Lame gravée, tranchant recourbé. Elle porte à son dos un croissant.

397 — Roncone analogue au précédent.

398 — Corsesque de la fin du XVe siècle.

399 — Arme analogue. Lames découpées.

400 — Couteau de brèche du XVIe siècle, portant au dos de la lame une sorte de croc comme les hallebardes.

401 — Pertuisane du XVIIe siècle. Lame à crêtes saillantes. Petits ailerons.

402 — Hallebarde de la seconde moitié du XVIe siècle, dont le fer est gravé. Pointe longue, quadrangulaire.

403 — Hallebarde analogue. Fer découpé, repercé et gravé.

404 — Pertuisane du XVIIe siècle. Lame à arêtes saillantes. Petits ailerons. La partie inférieure et la douille sont gravées et dorées.

405 — Épieu allemand du XVIIe siècle. Lame en partie gravée et dorée.

406 — Guisarme du XVe siècle.

407 — Arme semblable, de très petite dimension, autrefois entièrement dorée.

408 — Esponton autrichien, d'officier d'infanterie.

409 — Hallebarde allemande du XVIe siècle, entièrement gravée.

410 — Arme analogue, plus simple.

411 — Roncone italien. Lame repercée par trois rosaces.

412 — Hache d'armes du XVe siècle.

413 — Hache d'armes analogue à celle qui précède.

414 — Hallebarde du xve siècle, simple. Fer percé d'une croix.

415 — Arme d'hast en forme de couteau de brèche très étroit.

416 — Hallebarde allemande, portant les armes de Saxe. Toute l'arme est décorée d'un large dessin à feuillages, à figures et à trophées d'armes. Tranchant en forme d'S. Croc prononcé.

417 — Hallebarde analogue à la précédente.

418 — Hallebarde allemande du milieu du xvie siècle. Longue pointe quadrangulaire. Le fer en forme de croissant est entièrement gravé.

419 — Pertuisane du xviie siècle. Arête de la lame très prononcée. Partie inférieure finement gravée. Damier incrusté sur la douille.

420 — Lance de carrousel, de la première moitié du xviie siècle. Le fer manque. La hampe est pourvue en avant de la poignée d'ailettes en bois découpées.

421 — Hache d'armes du xve siècle. Le fer porte une marque de fabrique.

422 à 426 — Cinq hallebardes du xvie siècle.

427 — Hallebarde du milieu du xvie siècle. Longue pointe quadrangulaire. Fer de la hache repercé et découpé en croissant.

428 — Petit esponton d'infanterie. Lame flamboyante découpée.

429 — Esponton d'officier d'infanterie. Partie inférieure de la lame gravée et dorée.

430 — Esponton autrichien, d'officier d'infanterie, lame offrant des trophées d'armes gravés.

ARBALÈTES

431 — Arbalète à cric, d'un travail allemand du commencement du xvie siècle, pourvue de son cric. L'arbrier est revêtu de plaques d'ivoire.

432 — Belle arbalète à cric de la seconde moitié du xvie siècle. Fût plaqué et incrusté d'ornements en ivoire, finement gravés.

433 — Arbalète analogue à celle qui précède.

434 — Arbalète analogue, pourvue de son cric.

435 — Arbalète du XVIIe siècle, à jalet. Arbrier en fer. Crosse en poirier portant de belles incrustations en ivoire.

436 — Arbalète à jalet. Fût entièrement en bois sculpté près de la poignée.

437 — Arbalète de siège du commencement du XVIe siècle. Arc d'une grande puissance. Arbrier renforcé par deux plaques en fer découpé.

438 — Arbalète du XVIe siècle. Arbrier plaqué d'ivoire gravé.

439 — Petite arbalète à pied-de-biche. Arbrier orné d'ivoires finement incrustés.

440 — Pied-de-biche d'une arbalète du XVIe siècle, gravé.

441 — Pied-de-biche analogue, gravé et doré.

442 — Pied-de-biche analogue au précédent.

443 — Moufle à manivelle, pour bander l'arbalète à tour.

444 — Moufle analogue à celle qui précède.

445 — Carreaux ou traits d'arbalète.

MASSES & HACHES D'ARMES

446 — Masse d'armes du temps de Henri II, à sept ailes découpées en pointe. Manche ciselé en torsade.

447 — Masse d'armes semblable, entièrement gravée et dorée.

448 — Masse d'armes analogue, à six ailes, pourvue de rondelles à la poignée.

449 — Hache d'armes du xvie siècle, entièrement en fer, le manche renfermait autrefois une pique. Fer de hache finement damasquiné d'or. Tranchant arrondi.

450 — Esponton autrichien, d'officier d'infanterie. Lame finement gravée et complètement dorée.

451 — Hache d'armes du xve siècle. Fer très arrondi. Boule repercée. Cette pièce porte de nombreuses traces de gravure et de dorure.

452 — Petite arbalète de chasse à jalet.

ARQUEBUSES ET FUSILS

453 — Arquebuse française de la fin du xvie siècle. Canon taillé à pans. Platine à rouet. Fût et crosse ornés de filets en cuivre et de médaillons en nacre gravée.

454 — Arquebuse allemande, à rouet, de la seconde moitié du xve siècle. Canon taillé à pans, en partie gravé et doré. Platine damasquinée. Fût entièrement orné de rinceaux, en incrustations d'ivoire et de nacre, du plus beau travail.

455 — Belle arquebuse italienne de la fin du XVIe siècle, accompagnée de sa clef de rouet. Platine à rouet et à double feu. Les garnitures du fût, de la crosse, le corps de platine, la clef du rouet et la hausse sont entièrement ciselés en ronde-bosse. Travail exécuté d'une façon remarquable.

456 — Arquebuse allemande, à rouet, de même époque. Canon ciselé en relief, offrant des médaillons ornés de figures. Fût entièrement incrusté de filets en ivoire et en fer.

457 — Petite arquebuse allemande de chasse, à rouet. Canon taillé à pans. Fût en ébène, plaqué d'ivoire gravé. Date donnée par le sujet de la crosse.

458 — Pétrinal français de la fin du XVIe siècle. Canon taillé à pans près du tonnerre. Fût couvert de plaques en ivoire gravé. Platine à rouet.

459 — Arquebuse allemande, dite pied-de-biche, du milieu du XVIe siècle. Platine à rouet, à mécanisme extérieur. Canon à pans. Fût offrant des incrustations d'ivoire et de nacre.

460 — Arquebuse française, à rouet, de l'époque de Henri IV. Le tiers environ du canon est taillé à pans. Fût enrichi d'ornements et de filets en ivoire incrusté.

461 — Arquebuse allemande, dite pied-de-biche, du milieu du XVIe siècle. Canon à pans. Platine à rouet, finement gravée. Fût richement incrusté d'ivoire et de nacre.

462 — Arquebuse allemande de même époque. Canon à pans. Platine à rouet. Les incrustations en ivoire du fût et de la crosse sont gravées.

463 — Arquebuse allemande de la fin du XVIe siècle. Platine à rouet, entièrement gravée. Canon à pans. Fût et crosse finement incrustés d'ivoire.

464 — Arquebuse allemande de la fin du XVIIe siècle. Rouet noyé dans la platine. Fût en bois laqué.

465 — Fusil de chasse du XVIIIe siècle. Canon offrant une superbe damasquine d'or. Platine à silex. Fût incrusté d'argent.

466 — Fusil de chasse à silex. Canon damasquiné d'or, portant la date de 1775, sur le pan supérieur. Travail de la platine et de la contre-partie à remarquer. Le dos du fût offre un écusson à chiffres entrelacés et une couronne fermée. Ce fusil a sa poire à poudre cataloguée sous le nº 553.

467 — Courte arquebuse allemande du XVIe siècle. Canon à pans sur la moitié de sa longueur. Fût offrant des incrustations en ivoire gravé.

468 — Grosse arquebuse de rempart de la première moitié du XVIIe siècle. Allemande. Double feu donné par un rouet et un serpentin. Canon noirci, à pans. Fût simple.

469 — Fusil allemand du XVIIIe siècle. Platine à silex, ciselée, ainsi que les garnitures en fer du fût.

470 — Canon d'arquebuse, rond, entièrement semé d'une fine damasquine d'argent.

471 — Canon d'un fusil du XVIIe siècle, très finement gravé, offrant quelques fleurs de lis. Au tonnerre, trois croissants sur le champ d'un écu.

472 — Canon d'un fusil turc, taillé à pans,

473 — Canon analogue, offrant quelques parties ciselées.

PISTOLETS

474 — Paire de pistolets français de la première moitié du XVIIe siècle. Canon bleui, damasquiné au tonnerre. Platine à rouet. Calotte du pommeau en fer damasquiné d'or.

475 — Paire de pistolets, du milieu du XVIe siècle. Canon rond. Platine à rouet. Fût en forme de pied-de-biche, incrusté de nacre et d'ivoire.

476 — Paire de pistolets allemands, du milieu du XVIe siècle. La crosse fait avec le canon un angle prononcé. Fût plaqué d'ébène et d'ivoire finement gravé. Motif principal de la décoration : une ville assiégée. Le gros pommeau sphérique porte des bandes en cuivre ciselé et repoussé.

477 — Paire de pistolets, à silex, du XVIIIe siècle. Canon ciselé près du tonnerre. Platine et contre-platine également ciselées. Fût en bois sculpté, offrant un cartouche à figure au-dessous d'une couronne fermée. Travail d'une exécution remarquable.

478 — Paire de pistolets allemands, à rouet, du milieu du XVIe siècle. Pommeau sphérique. Fût incrusté de filets et de plaques en ivoire gravé.

479 — Paire de pistolets allemands du XVIe siècle. Platine à rouet. Fût teint en noir et entièrement quadrillé, offrant quelques plaques en ivoire gravé. Pommeau sphérique portant une plaque circulaire en argent gravé.

480 — Paire de pistolets allemands du XVIIIe siècle. Platine à silex. Garnitures du fût en fer ciselé. La calotte du pommeau offre un soleil et la crosse un écusson armorié.

481 — Pistolet du XVIe siècle. Crosse entièrement incrustée d'ivoire. Le rouet est recouvert par une plaque demi-sphérique.

482 — Pistolet analogue. Le pommeau de la crosse offre un médaillon à figure antique.

483 — Paire de pistolets allemands, du milieu du XVIe siècle. Platine à rouet. Fût en ébène, plaqué d'ivoire gravé. Pommeau sphérique.

484 — Pistolet analogue. Platine portant des traces de dorure. Pommeau évidé, offrant six arêtes.

485 — Pistolet semblable aux précédents.

486 — Long pistolet allemand, du milieu du XVIe siècle. Platine ciselée et gravée. Fût à pommeau sphérique, orné de plaques et d'incrustations en ivoire gravé.

487 — Beau pistolet français de la fin du XVIe siècle. Platine à rouet. Canon entièrement ciselé. Fût orné d'incrustations en nacre gravée.

488 — Paire de petits pistolets italiens de la fin du XVIIe siècle. Les canons à pans et à filets ciselés portent le nom de Lazarino Cominazzo. Platines à rouet. Les calottes, les sous-gardes et les montures, d'un travail

repercé à jour, sont d'une exécution remarquable.

489 — Paire de pistolets, à deux canons superposés, du même armurier. Platine à deux bassinets superposés également. Le canon et la monture du fût sont à remarquer pour la finesse de la ciselure.

490 — Paire de pistolets italiens signés : Francino, à silex, de la même époque et d'un travail analogue aux précédents.

491 — Pistolet français du XVIIe siècle. Platine à rouet. Canon en bronze gravé. Calotte du pommeau de crosse ciselée en tête de lion.

492 — Pistolet allemand du XVIe siècle, à rouet. Fût plaqué et incrusté d'ivoire gravé. Pommeau sphérique.

493 — Pistolet analogue au précédent. Il offre quelques incrustations en ivoire teint en vert.

494 — Pistolet à rouet de la fin du XVIe siècle. Fût presque droit, pommeau renflé terminé en pointe, offrant des filets et des ornements en ivoire.

495 — Pistolet français du XVIIe siècle. Platine à rouet. Fût plaqué d'ébène, enrichi par de belles et fines incrustations en nacre gravée.

496 — Pistolet allemand du milieu du XVIe siècle, à rouet. Canon rond, ciselé au tonnerre. Pommeau sphérique incrusté d'ivoire.

497 — Pistolet du commencement du XVIIe siècle. Canon autrefois entièrement doré. La plaque de recouvrement du rouet est repercée et ciselée. Le fût est incrusté d'ivoire. Le pommeau est en forme de pied de cheval.

498 — Pistolet du XVIIe siècle, à deux canons superposés. Platine pourvue de deux rouets. Fût en bois noirci, orné de filets d'ivoire. Pommeau évidé.

499 — Deux crosses mobiles d'une paire de pistolets du XVIIIe siècle. Calottes en fer ciselé et doré.

500 — Deux calottes de crosse d'une paire de pistolets du XVIIe siècle. En fer ciselé et repercé à jour. Travail d'une belle exécution.

501 — Pistolet français de la fin du XVIe siècle. Canon rayé à tourelles. Platine à rouet. Fût et crosse

ornés de riches et belles incrustations en ivoire gravé. Pommeau renflé, repercé et gracieusement évidé.

501 *bis*. — Calotte de crosse d'un pistolet italien du XVIIe siècle. En fer repercé et ciselé en rinceaux.

CLEFS D'ARQUEBUSES

502 — Clef d'arme à rouet. Lame du tourne-vis repercée et gravée.

503 — Clef d'arme à rouet, pourvue d'un amorçoir en fer repercé et ciselé.

504 à 507 — Quatre clefs de rouet de même époque.

508 — Clef de rouet avec amorçoir. Douille de la clef et poignée ciselées en torsades.

509 — Clef de rouet entièrement ciselée, offrant une cigogne sur chacun des côtés de la lame.

510 — Platine d'une arme à rouet du XVIIe siècle. Double feu fourni par un rouet et par un serpentin.

POIRES A POUDRE, CARTOUCHIÈRES, ETC.

511 — Bandoulière de mousquetaire du XVIIe siècle, en velours noir, ornée de huit têtes de lion dorées, qui portaient les charges dans leurs étuis en bois.

512 — Fourniment allemand, du commencement du XVIIe siècle. La poire à poudre représente un lansquenet. Sac à balles en soie noire, rehaussé de galons d'or.

513 — Grande poire à poudre en corne gravée, munie d'un crochet de ceinture.

514 — Amorçoir à pulverin, en fer, entièrement gravé, portant sa clef de rouet.

515 — Poire à poudre du XVIIe siècle, en corne gravée, offrant un médaillon à figure.

516 — Belle poire à poudre du temps de Henri IV, garnie de cuivre repoussé et doré, offrant différents ornements et un combat de cavalerie.

517 — Pommeau d'un pistolet allemand du XVIe siècle, entièrement incrusté d'ivoire.

518 — Poire à poudre circulaire, en ivoire, du XVIIe siècle, offrant deux plaques ciselées sur un fond doré.

519 — Amorçoir en ivoire sculpté en ronde bosse, portant sur l'un de ses côtés une chasse au sanglier, et sur l'autre des armoiries.

520 — Poire à poudre du XVIIe siècle, en bois plaqué et incrusté d'ivoire et de nacre, pourvue d'un sac à balles en soie.

521 — Poire à poudre, ne différant de la précédente que par son ornementation en bandes de cuivre gravé. Sac à balles en peau.

522 — Poire à poudre, en ivoire sculpté en ronde bosse, représentant une chasse d'un côté, et portant les armes de France de l'autre.

523 — Amorçoir du XVIe siècle, en fer, pourvu de sa clef de rouet.

524 — Poire à poudre du XVIIe siècle, en cuir noirci et gaufré, à rinceaux et feuillages, offrant en haut un médaillon, près de la garniture en fer.

525 — Poire à poudre du XVIe siècle. Garnitures en fer repercé, gravé et finement ciselé, offrant un combat entre un cavalier et deux fantassins. Cette belle pièce a conservé son ancienne cordelière.

526 — Poire à poudre analogue à la précédente, d'un travail moins riche. Sujet : Hercule terrassant un lion.

527 — Amorçoir circulaire, évidé au centre, en pommier incrusté d'ornements concentriques, en ivoire.

528 — Poire à poudre de la fin du XVIe siècle, en corne de cerf gravée, offrant comme principal motif de décoration : une Femme nue.

529 — Poire à poudre de forme circulaire, à centre percé et évidé, de même époque que la précédente, enrichie de plaques et d'ornements en ivoire incrusté.

530 — Poire à poudre de même époque, garnie de fer découpé, repoussé et ciselé, offrant au milieu un cheval accoté à un cerf.

531 — Amorçoir du XVIIe siècle, en forme de croissant, en fer ciselé et doré. Travail très fin.

532 — Poire à poudre du XVIIe siècle, en bois garni de cuivre et incrusté d'ivoire, offrant une chasse au cerf.

533 — Poire à poudre du XVIIe siècle, en corne de cerf sculptée en ronde bosse et gravée. Le motif représente le Père éternel ordonnant le jugement dernier.

534 — Poire à poudre du XVIe siècle, en fer découpé, repoussé et ciselé, ornée d'un combat de cavaliers. Travail exécuté d'une façon remarquable.

535 — Fragment de poire à poudre de la fin du XVIe siècle, en corne de cerf sculptée. Sujet : un Gentilhomme près de sa Dame.

536 — Fragment analogue à celui qui précède. Sujet : Homme agenouillé implorant sa grâce.

537 — Poudrière du XVIIIe siècle, aux armes de Saxe, en ébène incrusté d'ivoire. Garnitures gravées et dorées.

538 — Poire à poudre du XVIIe siècle, en bois plaqué et incrusté d'ornements en ivoire et en nacre, gravés très finement. Le sujet du centre offre une femme assise sur une coquille.

539 — Cartouchière de même époque, en bois incrusté d'ivoire et garni en fer noirci.

540 — Cartouchière analogue, un peu plus ornementée.

541 — Poire à poudre du XVIIe siècle, en cuir noirci et gaufré, à rinceaux et feuillages près de la garniture en fer.

542 — Amorçoir de la fin du XVIe siècle, en cuivre ciselé et doré.

543 — Amorçoir entièrement doré, présentant une cariatide ciselée en relief.

544 — Poire à poudre du XVIIe siècle, en cuir noirci et gaufré, offrant un médaillon près de la garniture.

545 et 546 — Deux amorçoirs circulaires de même époque. Sujet repoussé, ciselé et doré. (Chasse à courre.)

547 — Cartouchière du XVIIe siècle, incrustée d'ivoire et garnie en fer noirci.

548 — Amorçoir de même époque, revêtu de velours noir et orné d'une bordure en fer, finement gravée.

549 — Poire à poudre du XVIIIe siècle, en fer ciselé à trophées d'armes se détachant sur un fond doré.

550 — Belle poire à poudre de la fin du XVIe siècle, enrichie d'ornements ciselés, gravés et dorés.

551 — Amorçoir en corne de bélier, garni de cuivre repercé, gravé et doré.

552 — Amorçoir de même époque que le précédent, en ivoire gravé, garni de fer et muni de sa clef de rouet.

553 — Belle poire à poudre de la fin du XVIIIe siècle, en corne, garnie de fer ciselé, gravé et

doré. La décoration de cette belle pièce est en tout point semblable à celle du fusil catalogué sous le n° 466.

554 — Poire à poudre en écaille. Garnitures ciselées et dorées.

555 — Très jolie boucle d'un baudrier du temps de Louis XIV, en fer découpé et ciselé. L'ornementation se détache sur un fond doré.

MODÈLES DE CANONS

556 — Modèle à échelle réduite d'un canon de l'époque de Louis XIV monté sur affût.

557 — Canon analogue.

558 — Modèle à échelle réduite d'un canon du XVIIe siècle monté sur affût. Le premier renfort offre une fleur de lis dans un cartouche.

559 — Modèle analogue à celui qui précède.

560 — Autre petit modèle d'un canon monté sur affût, de l'époque de Louis XV.

561 — Modèle analogue à celui qui précède.

562 — Modèle de canon du temps de Louis XIV, orné, sur les deux renforts et sur la volée, d'armoiries et de sculptures du plus beau travail.

563 — Modèle analogue à celui qui précède.

564 — Canon du XVIIIe siècle offrant des armoiries sur le premier renfort.

MOBILIER

565 — Vitrine en chêne ciré, garnie de glaces, accompagnée d'un socle à chemin de fer, muni de supports en fer forgé pour installer des armes.

566 — Vitrine analogue à celle qui précède.

567 — Armoire en chêne ciré, garnie de glaces, pourvue de crochets à ressort pour suspendre des épées, des dagues, etc.

568 — Armoire analogue à celle qui précède.

569 — Socle en chêne ciré, avec deux pyramides munies de champignons à support en fer pour recevoir une collection de casques.

570 — Console à corniche, en chêne ciré, avec pyramide et armature disposés pour recevoir une demi-armure.

571 — Console analogue à celle qui précède.

572 à 575 — Quatre socles en chêne ciré, avec armature, disposés pour recevoir une armure complète.

www.ingramcontent.com/pod-product-compliance
Ingram Content Group UK Ltd.
Pitfield, Milton Keynes, MK11 3LW, UK
UKHW020343180726
13839UKWH00002B/891